Do Lado De Dentro

GABRIELA LOFFREDO REINHARDT

Do Lado De Dentro

NOVOS ASES

Preparo de originais: Gabrielle Antunes

Revisão: Karoline Tureta

Diagramação: Danielle V. Cardoso

Capa: Ygor Moretti

Catalogação na publicação
Elaborada por Bibliotecária Janaina Ramos – CRB-8/9166

R369d

Reinhardt, Gabriela Loffredo

Do lado de dentro / Gabriela Loffredo Reinhardt – Rio de Janeiro: Ases da Literatura, 2023.

84 p.; 14 X 21 cm

ISBN 978-65-54283-69-4

1. Poesia. 2. Literatura brasileira. I. Reinhardt, Gabriela Loffredo. II. Título.

CDD 869.91

Índice para catálogo sistemático

I. Poesia : Literatura brasileira

O livro é dedicado totalmente a minha avó,
Maria Vilma Loffredo, que em sua humilde e
simples formação, sempre escreveu, me criou e
me inspirou em tantos pontos da minha vida.

Agradecimentos

Agradeço especialmente a quem me apoiou em minha escrita, a quem me fez ver que o que eu fazia não era pura e simplesmente qualquer coisa, era profundo. Agradeço as oficinas que participei, aos grupos que integrei e a tantos mergulhos que realizei para chegar até aqui.

Agradeço a quem leu.

Sumário

1. Alma Viva

Natureza é alma, acalma
Natureza é livre, vive
Natureza é imensidão, conexão.

2. Criança

A mudança é uma criança
É sinônimo de novidade
E a busca por identidade
Por vezes, nasce com suavidade
Por outras, só com fórceps da força de vontade.

3. Ferimento

Olhar para dentro é como abrir seu ferimento.
A casca cai, a vaidade sai,
A dor vem, sem olhar a quem.
O sofrimento é um acalento, é fruto do momento.
Crescimento.

4. AMARalto

Meus sentimentos surgem em ondas,
Começam como o mar do amanhecer,
Espuma leve,
Retorno breve,
Maré baixa.
Mudam juntamente à tábua da maré,
Crescente,
Quente,
Torrente,
Corrente.
Desembocam em praias desconhecidas, por vezes se tornam ilhas, por vezes se misturam com rios.

5. Se me encontrar em seus caminhos

Você já se buscou?

Se procurou?

Se encontrou?

É na água corrente com o sol que ilumina a mente, que a busca se faz indiferente,

Assim, despretensiosamente,

Necessidade frequente,

Não mente.

Se me encontrar em seus caminhos, me entende.

Pode ser apenas uma passagem repente.

6. Responde sem pensar

Nós não fomos ensinados a decidir, nem se permitir e submergir.
Só reprimir, não lutar e abrandar,
Aceitar.
Fomos ensinados a amansar, ajustar, se moldar e flexibilizar.
De verdade, você já se questionou o que te faz vibrar?
Eu te peço, responde sem pensar.

7. O peso do fardo

Às vezes é preciso soltar, largar, deixar em algum lugar.
O passado já foi vivenciado,
Já foi seu tempo,
Empurrado e carregado,
Geralmente chega ao presente muito pesado, vira fardo.

8. Os quatro elementos

Você já se imaginou como um elemento?
Acabamos relacionando-os com o tempo,
Com estado e movimento.
Você pode ser de terra,
Aquela que te aterra,
Que te faz voltar da atmosfera,
Que é também a sua casa,
É onde vivemos há diversas eras.
É um juntamento, uma quantidade imensa e acumulada de movimentos
Também sinônimo de aprofundamento.
Você pode ser de água,
É mergulhar no sentimental.
Viver e buscar o essencial, sinceramente não é nada trivial.
É uma busca natural, quase como sentir uma vontade ancestral.
Você pode viver e ser do ar,
Sair por aí a desbravar,
É o líder do experienciar,
Também do trocar.
Sempre em busca do novo,

Com aquela vontade imensa de mudar,
Procurando sempre um novo espaço para ocupar.
Você também pode ser fogo.
Sem o impulso do outro,
Se chamuscar,
Se queimar,
E, por vezes, se apagar.
Arder e morrer e, na sequência, renascer.

9. Sinais

Como você escolhe viver os seus caminhos?

O ponto principal é a chegada, ou você ainda prefere observar e curtir a estrada?

A que velocidade segue seus instintos?

Às vezes precisamos partir solos, seguir por cruzamentos distintos.

Basta estar de ouvidos abertos, olhos espertos e entender os sinais, por vezes, amarelos.

Ter sempre em seu peito um coração desperto,

Sinal aberto.

O importante é caminhar, o que não pode é estagnar.

Para alcançar a mudança não se deve fugir, buscar a paz através da cura é sempre o segredo para não desistir.

10. O que é ser feliz?

O que é ser feliz?
É se sentir em paz sem precisar refletir.

11. Pedido

Me dá a sua mão?

Quero fazer do agora uma memória, para ter sempre como uma recordação.

Quem sabe eu nunca me esqueça de tudo que um dia eu pedi em oração.

12. Cicatriz

Todos temos caminhos na pele marcados.
Quem sente, vive e trata a ferida
Um dia ganha uma cicatriz.
Se curar é também recomeçar e aprender a ser feliz.

13. Vó

Visitar vó é sempre encontrar bolo quentinho
É a certeza de nunca estar só, encontrar sempre alento,
Carinho.
Ser sempre o centro, apesar de não ser o melhor caminho.
É ter sempre, e para sempre, um lugar para voltar, ninho.

14. Escrita autobiográfica

Estou em um processo de me transformar,
Como a polaroid que observo agora e que tento desvendar.
Na mão, eu seguro um cafezinho, que também é afeto,
Cuidado,
Carinho,
Bem quentinho.
Estou sorrindo para minha imagem, que ainda está em processo de se encorajar,
Revelar.

15. Amadurecendo

Pedir perdão é tomar coragem de abrir seu coração.
Abrir mão de ego, tentar sair do desconforto certo, ir de encontro ao incerto,
Em busca da sua essência, vocação.
Não é vaidade, é maturidade.

16. Paternidade

Às vezes ele sorri com os olhos, do mesmo jeito que também dá bronca.

A cozinha é seu cômodo preferido, entrega seu carinho no prato,

Sempre querido e pronto para demonstrar cuidado.

É meu genitor e também é pai com amor.

17. Passarinho

Triunfar é a vitória de um caminho
Mas, acredite,
O que te faz crescer e amadurecer não é o destino,
Nem a linha de chegada.
E sim a maneira que escolheu viver, ser passarinho e voar para longe do ninho.

18. O Sol chega

Sentir o sol de cada dia nos dá força para buscar e ganhar nossas batalhas da vida.

Traz vitalidade, força de vontade.

A certeza de que o amanhã chega de novo, para nos possibilitar tentar mais um pouco.

19. Quem sou eu?

Quem sou eu?
Todos os dias eu acordo buscando essa resposta
Eu sigo tentando trazer luz para minha história,
Me desfazendo dos pesos de outras horas, tentando viver mais do aqui
Do agora.
Embarquei neste trem, não tem passagem de volta.

20. *Perdonare*

Perdão:

Doar ao outro sua melhor versão em remissão.

21. Contenção

Não se adie
Não deixe o sorriso guardado, nem o choro engasgado.
Sentir ainda é estar viva.

22. Mergulhar

Eu estou reaprendendo a lidar com meus sentimentos,
Dar vazão,
Sentir o todo,
Emoção.
Por uma vida me disseram que eu sentia muito,
Chorava muito,
Vibrava muito,
Muito.
Me minguei, sequei, murchei ou pensei.
Hoje, eu acordo para transbordar de novo, tempestear, encharcar, inundar.
Uma pena, talvez não queiram se molhar, mas eu vim para mergulhar.

23. Tempestade à frente

O que eu desejo?

Aprender a me amar.

Para nunca mais esquecer que existe sempre alguém para orgulhar.

Me permitir mudar, e abandonar quem eu tanto lutei para me tornar.

Para alcançar, quem eu preciso ser para pertencer e caber onde estou e ser, sem me esforçar.

Eu desejo voltar para casa, me habitar.

24. Memória é história

Faço da memória minha história
Guardo com carinho diversos caminhos,
Recordo com frequência sobre a essência.
Revisito erros que por vezes viraram acertos,
A memória é a certeza da sua trajetória,
É buscar e reviver que depois da dor sempre vem a glória.

25. Mar.és

É sobre tentar ser,
No meio do mar que muda do pôr do sol ao nascer.
É tentar entender que as águas do mar também nos mostram ciclos
E está diferente a cada entardecer.

26. Ventania

As mudanças mais importantes da sua vida não vêm com calma e conforto.

Elas vêm como ventania.

Parece difícil seguir em frente, é quase contra a corrente.

É necessário se proteger para conseguir ver,

E aí sim, se escolher.

27. Qual tempo?

Tem vezes que o hoje se mistura com o passado,
É quando a gente gira a chave e se tranca, buscando na solidão o resguardo.
Tem dias que fica difícil perceber a diferença entre compaixão e intromissão
Mas não me rendo e reflito...
É ansiedade ou saudade?

O exercício é de presença,
Vê se aprende e para de olhar para o lado
Se preciso, peça licença.

Ontem não é hoje,
gratidão é pretérito
Passado.

28. Cura

Encerrar infratores
Enterrar nossas dores,
Cura.

29. Passado

Passado não me define, eu era o que podia
Em geral, de maneira fabricada, influenciada.
Um poço de insegurança em busca de aprovação,
Quase como uma criança.

O passado me ajudou a chegar até aqui, cumpriu a sua função,
Ou razão de existir, como preferir.

30. Enganação

Sim, a mente engana
Antes não era melhor,
Não era mais fácil
Nem mais saudável.

O presente é o hoje, onde você sente,
Não reviva,
Viva.

31. Acolhedor

Acolha a sua dor.

32. Pretérito passado

Precisamos parar de pensar sobre o passado
Já foi, verbo conjugado,

Parar de se culpar pelo pouco doado.
É necessário admitir que, às vezes, o pouco era o melhor que podíamos ter dado,
Naquele momento e naquele estado.

33. Realizar

Para acreditar é preciso trocar a dúvida
Pela certeza do "já é",
E assim será.

Todo ser humano que sonha, precisa realizar
É deixar o campo da imaginação e ir para a ação,
Com fé,
Independente da religião.

Tudo porque temos a certeza que faremos acontecer.
Encontramos na atitude a vontade de viver, realizar.

34. Habitação

Sentimento de culpa que vem nos visitar.

Mas lembre-se: você é responsável pelo limite, não se deixe perturbar.

Mantenha essa porta fechada, você é sua chave, é a tranca fechada para não deixar esse sentimento entrar.
Você também é sua casa, seu lar,
Não deixe de se habitar.

35. Vulnerabilidade

Tem coisas que é difícil verbalizar,
Eu acredito que eu, como muitas mulheres, nunca me senti bonita,
Sempre busquei me enquadrar.
Hoje, eu consigo admitir com grande vulnerabilidade,
Que eu venho conquistando liberdade, e é de verdade.
Eu me sinto diferente por ter identidade,
Fujo da cópia,
Tenho a minha personalidade.

36. Só

Sou uma, mas não sou só.

37. Aquela cadeira

Se em algum momento a dúvida bater e você começar a se questionar, pense,

Se a certeza fosse sua parceira, a dúvida não ocuparia esta cadeira,

É preciso aprender a confiar,

Sua intuição, por vezes, te mostra a sua razão.

Escute,

Ela ainda é a voz do seu coração.

38. Viagem

É como se a cada pouso ou decolagem eu aumentasse bagagem.

Respirando os novos ares,
Vivendo em outros lares,
Desbravando diversos mares,
Conhecendo novos pares.

Para de novo virar a esquina e dar de encontro com o destino e dizer:
— To só de passagem!

Essa é só mais uma oportunidade de compreender e me perceber, Literalmente viver do desconhecer, com vontade de mergulhar para manifestar.

Seja qual for o sentido, acabo encontrando mais uma porta do mesmo abrigo, essa sou eu viajando comigo.

39. Ritmo é caminho

O melhor jeito de evitar o atraso é não desviar do caminho.
Respira, não apressa o passo
Vê se para de olhar pro lado.

Seu destino é seu ritmo,
Não esquece, o que importa é o trajeto
Não a sua velocidade, nem o passado
Cada curva é uma nova chance
De dar de encontro com o novo espaço.

É seguir em frente, não parar de caminhar mesmo que lentamente
Por vezes num relance parar para olhar a paisagem,
Abrir o livro e tentar retomar a leitura daquele romance, como se nunca tivesse pausado.

40. Solitude

Eu sempre precisei me afastar um pouco
Para me aproximar de mim mesma
Já que durante muito tempo procurei no outro.

As pessoas nunca entenderam que escolhi a liberdade como lar,
E, às vezes, gosto de estar só na minha companhia,
Já que é um desafio encontrar no mundo o meu lugar.
Às vezes, eu quero apenas a pousada, e não a moradia, já que sou meu próprio lar.

41. Espaço

Não abrir espaço para o novo é continuar no passado.
É preciso se sentir vivo, encontrar um novo estado,
Mergulhar na tempestade
Para alcançar a calmaria.

Assuma que, às vezes, também temos maldade
Digere, enfrenta a covardia.

Transforma o medo em decisão,
Execute aquela ação.

Enquanto seu desejo é apenas um pensamento
Ainda não encontrou e vibrou no seu coração.

O medo de errar não pode ser maior que a sua vontade, porque isso é a morte de qualquer oportunidade.

42. Renúncias

Só encontra o novo quem renuncia às mesmas certezas
E se abre para as belezas
Que certamente em outros tempos já te visitaram,
Tenha franqueza.

Me abro também para a leveza,
Que já me tirou de períodos de fraqueza,
Então, me deparo com o que me faz verdadeiramente feliz,
Afinal, eu ainda sou apenas uma aprendiz.

Eu creio no destino e tenho na fé uma inspiração,
E vivo acreditando na probabilidade de me encontrar, mesmo que por pura distração
As melhores coisas da vida sempre vieram ao meu encontro, principalmente nos momentos de superação.

43. Pausa

Sonhos esquecidos e medos escondidos,
É preciso admitir que chega uma hora que a gente cansa,
E busca na mudança a pausa na cobrança
O motivo para ser feliz
Tente, o pior que pode acontecer
É conseguir.

44. Temo

Estou indo fundo para dentro e temo quem tenha medo de mergulhar.

Eu comigo até em cavernas encontro saídas, mesmo que venha a demorar.

Eu estou nomeando minhas dores, que tanto me trouxeram medo de encarar,

Hoje, consigo dizer que de mim não vou me afastar.

45. Satisfação

Meu passado tem nome e sobrenome
Estava me esperando, tinha fome
E um dia foi projeção,
Devorou e mudou um passado ainda mais distante
Virou lembrança, sem nenhuma identificação

Continua tendo o mesmo nome, e agora é futuro incerto,
Na mão de quem sempre tem fome,
Mas quer cozinhar pra si própria
Como diversão.

Está pronta para queimar a língua, com pressa da satisfação.

46. Qual seu nome?

Tenho tomado em meus braços alguns velhos hábitos:
Aqueles que repetia com serventia e que tanto me cabia.
Não sou boa o suficiente,
Não mereço tanto,
Não vou dar conta,
Não posso.
Tenho transformado estes dizeres em boatos, daqueles bem mal contados, como notícia falida.

Eu os tenho lavado, limpado, esfregado, até chegar no osso, para o meu próprio amor ficar exposto.

Acolhendo em meu colo o novo filho que nasce ainda muito frágil.
Seu nome?
Confiança.

47. Aquieta

Por vezes quero desabar, me sinto inquieta.
Os dias passam cada vez mais rápido
E eu penso, aquieta.

Eu ainda me sinto dentro do mesmo tempo, do mesmo espaço, e tento não ter pressa.

Topo com uma pedra,
E se no meio do caminho, de fato, tiver,
Desvia.

Eu escrevo para mim, e para quantas pessoas puderem ou quiserem ler,
Escrevo pra mim porque, por vezes, te imagino a dizer:
— Sou como você.

48. Não me defina

Experiência é vida,
Beleza não é apenas ser bonita.
Não nasci com inteligência e opinião,
Para você me definir segundo a sua interpretação.

Sou sutil por não me exaltar, tento ser educada, me entendem assim por não gritar.

Naturalmente não sou equilibrada,
Faço do meu choro minha lástima,
Das minhas risadas as minhas pegadas,
Das certezas, minhas moradas,
Quando estou feliz, simplesmente brilho e nada me apaga.

49. Conservador

Conserva a dor.

50. Ressignificar

Deixar os motivos para ficar, e se reencontrar.

Enfrentar

Perseverar.

Enxergar em novas oportunidades o motivo para ter coragem.

Amar.

51. Inspiração

É pelo exemplo que eu me inspiro,
Para isso a gente não precisa ser temido.
Admiração é quando mesmo sem razão entendemos a motivação,
Respeito também é proteção.

52. Libertação

Vivemos falando sobre a tal lei da atração...

Despejando a sete ventos os nossos desejos, mas e a gratidão?

Você já parou para pensar que a gente ganha o que dá?

E que o oposto também se faz verdade.

Quando recebemos, não temos medo de oferecer,

Isso, sim, é liberdade.

53. Boa companhia

Felicidade é ter história para contar,
Mas o bom mesmo é ter quem possa te escutar.
Não apenas ouvido amigo,
Mas escuta ativa, que até pitaco dá.
O que seria da nossa vida se não estivéssemos em boa companhia?

54. Virada de chave

O temido momento chegou,

O dia em que minha chave virou....

Comecei a olhar em volta e me sentir cercada de desconhecidos familiares,

Que sempre estiveram ali, ocupando espaço, meio sem vontade.

Decidi que preciso ir buscar, viajar, para encontrar a mulher que decidi que preciso me tornar.

55. Confidente

Manter a confiança é o maior segredo do confidente.
Respeitar quem se abre é criar um laço de verdade,
É acolher a vulnerabilidade.
É o nó que transforma a intimidade numa amizade que segue para a posteridade.

56. Pacificação

Nunca havia parado para pensar na diferença profunda entre solitude e solidão.

Eu amo o silêncio, para mim, ele não é tormento, é pacificação.

É quase um encontro comigo mesma, é onde escuto meu coração.

A cada bater no peito, sinto dentro daquele momento o caminho da intuição.

Paro,

Escuto,

Sinto,

Absorvo.

Definitivamente é meu momento de dedução.

57. Sinto dores nos ombros

Qualquer dor no ombro é o passado pesando
Querendo se desvencilhar,
Pedindo para partir para longe de mim, aliviando
É o ato de desamarrar.
Presente chegando, pronto para curar.

58. Ser e estar

Sou feita do amor.

Se sou, estou.

Tão próximos e, ao mesmo tempo, distintos.

Ser apenas sua essência, há tamanha dificuldade de torná-la o seu habitar.

Estar é ato, provindo da existência, como sincronizar?

Se escuta.

Amar é sinônimo de se honrar.

59. Singular

A gente se ocupa tanto do mundo, busca nossas caixas para caber
Se enquadra para pertencer,
Abdica para agradar.
Acaba por se esquecer que o que importa é ser singular.

60. Escolhendo a mim mesma

Na vida, nós precisamos fazer diversas escolhas.
Tenho tentado escolher ir além de tudo que já fui até aqui.
Tento escolher por mim,
Escolher a mim.
Deixar de lado a pretensão de me perder, de preferir não me escolher.
Me deixo tomar pela solidão, que diversas vezes me devorou até roer.

61. Não vai cair no esquecimento

Sinto que a escrita me liberta para viver
Consigo expor o que tenho de melhor para oferecer,
Escrevo amor,
Liberto a dor,
Acomodo o rancor.
Sentencio palavras para enfileirar e manter, o que estou a sentir para nunca morrer, ou correr o risco de me esquecer.

62. Seja

Chega de fingir sorrisos,
Engolir suspiros,
Evitar gritar.
Ponha para fora mesmo que prolixo.
Seja você sem eufemismo.
Exponha seu emaranhar.

63. Escrever é autoconhecimento

Escrever ainda é uma das mais poderosas ferramentas de autoconhecimento

É um ato de reconhecimento, uma forma simples de acessar e se relacionar.

Reforçamos através dos acentos a entonação que queremos dar,

Encontramos nas frases as respostas para as interrogações que tanto buscamos,

Achamos as companhias para as exclamações.

Grifamos quando nos importamos.

Nas reticências, continuamos... duvidamos...

Imaginamos ou ainda não revelamos.

64. Faxina

É preciso limpar, é inevitável.

As lágrimas acalmam.

Com as águas, jorramos, arrastamos, empurramos e lavamos.

Esfregamos as amarguras, ensaboamos as raivas, tiramos as frustrações.

Lavamos de dentro para fora, lustramos e buscamos através da limpeza nossa cura, satisfações.

65. O voo é livre

Precisamos aprender que, em determinados momentos, os encerramentos chegam
Como borboletas que somos, precisamos rachar casulos,
Mesmo que para voar apenas 24 horas
Como passarinhos que somos, precisamos pular do ninho
E nos arriscarmos no voo
Precisamos desgarrar da matilha e conquistar nosso próprio faro.
Precisamos ser apenas quem somos,
Sem nenhuma máscara, sem nenhum esforço.

66. Pescaria

Quantas vezes já ouvimos a seguinte frase:

— Hoje o mar não está para peixe.

Nunca tinha refletido sobre ela...

Será que é hoje?

Ou será que estamos pescando no lugar errado?

67. Morte é hoje?

Em um domingo de manhã,
Tomando meu café em silêncio,
Me peguei pensando...
Vivemos fugindo, ou melhor, fingindo.
Fingindo que a morte é algo distante, irrelevante.
Fugimos da vida, que é tão passageira e pulsante.
Planejamos o amanhã achando que estamos vivendo o hoje,
Distante.

68. Reescrevendo

Em um pensamento fugaz, cheguei a uma resolução: Recomeçar também é reescrever e transcrever o que mudou em meu coração.

69. Use o que considera especial

O que você tanto espera?
O que considera uma ocasião nobre e especial? O que tanto observa?
Por que reservamos tanto para outra hora?
Ao aguardar o inadiável, deixamos de viver o inimaginável.
Perdemos o cotidiano,
É um jeito do ego dizer que não temos o que merecemos,
É mundano.

Gabriela Loffredo Reinhardt é paulistana, filha única, neta única, com 33 anos. Foi a garota do condomínio, que cresceu cercada de amigos, apaixonada por marketing e comunicação com formação em Moda.

Ela sempre escreveu e fez da escrita sua principal ferramenta de comunicação e expansão da consciência, quando o assunto diz respeito aos sentimentos. Foi através dos poemas e de sua vontade de pôr para fora tudo que estava dentro de seu coração que tudo isso começou a ganhar forma. Escrever sempre foi um ato de amor e uma maneira de conseguir externar o que já precisava transbordar.